¡Aprende a leer, paso a paso!

Listos para leer   Preescolar–Kínder
• letra grande y palabras fáciles • rima y ritmo • pistas visuales
Para niños que conocen el abecedario y quieren comenzar a leer.

Leyendo con ayuda   Preescolar–Primer grado
• vocabulario básico • oraciones cortas • historias simples
Para niños que identifican algunas palabras visualmente
y logran leer palabras nuevas con un poco de ayuda.

Leyendo solos   Primer grado–Tercer grado
• personajes carismáticos • tramas sencillas • temas populares
Para niños que están listos para leer solos.

Leyendo párrafos   Segundo grado–Tercer grado
• vocabulario más complejo • párrafos cortos • historias emocionantes
Para nuevos lectores independientes que leen oraciones simples
con seguridad.

Listos para capítulos   Segundo grado–Cuarto grado
• capítulos • párrafos más largos • ilustraciones a color
Para niños que quieren comenzar a leer novelas cortas, pero aún
disfrutan de imágenes coloridas.

STEP INTO READING® está diseñado para darle a todo niño una
experiencia de lectura exitosa. Los grados escolares son únicamente guías.
Cada niño avanzará a su propio ritmo, desarrollando confianza en sus
habilidades de lector.

Recuerda, una vida de la mano de la lectura comienza con tan sólo un paso.

Para Danny, Kate y Jane
—D.M.

Text copyright © 2018 by Diana Murray
Cover art and interior illustrations copyright © 2018 by Maria Karipidou
Translation copyright © 2022 by Penguin Random House LLC

Step into Reading, LEYENDO A PASOS, Random House, and the Random House colophon are registered trademarks of Penguin Random House LLC.

Visit us on the Web!
rhcbooks.com

Educators and librarians, for a variety of teaching tools, visit us at RHTeachersLibrarians.com

Library of Congress Cataloging-in-Publication Data
Names: Murray, Diana, author. | Karipidou, Maria, illustrator.
Title: Pizza pig / by Diana Murray ; illustrated by Maria Karipidou.
Description: New York : Random House Children's Books, [2018] | Series: Step into reading.
Step 2 | Summary: Pig enjoys making just the right pizza to delight each of his customers, so when Turtle will not eat he must figure out why.
Identifiers: LCCN 2017001666 (print) | LCCN 2017030186 (ebook) |
ISBN 978-0-593-56561-2 (Spanish trade edition) — ISBN 978-0-593-56562-9 (Spanish lib. bdg.) —
ISBN 978-0-593-56563-6 (Spanish ebook)
Subjects: | CYAC: Stories in rhyme. | Pizza—Fiction. | Pigs—Fiction. | Animals—Fiction. |
Restaurants—Fiction.
Classification: LCC PZ8.3.M9362 (ebook) | LCC PZ8.3.M9362 Piz 2018 (print) | DDC [E]—dc23

Printed in the United States of America
10 9 8 7 6 5 4 3 2 1

First Spanish Edition

2 PASO
LEYENDO CON AYUDA

LEYENDO A PASOS ➤
EN ESPAÑOL

Puerco Pizza

Diana Murray
ilustrado por Maria Karipidou
traducción de Roxanna Erdman

Random House 🏠 New York

¡Pizza! ¡Pizza!
Qué sabrosa.
La que hace Puerco
es deliciosa.

Día y noche
viene gente.
¡Aquí la pizza
es excelente!

5

¡Por fin! El horno ya está listo. ¡Todos tienen apetito!

Los osos quieren
pizza de fresas.

Las gaviotas,
de almejas.

Para pingüinos,
¡congelada!

Para las ratas,
bien pasada.

Con zanahorias.

O sardinas.

¡Pizza! ¡Pizza!

¡Nos fascina!

Los perezosos
comen lento.

Y los monos,
como el viento.

Cuatro ranas tienen prisa.

Ni una mancha su camisa.

¡A los perros les da risa!

Pizza con latas.

Con ramitas.

Pizza con mugre y basuritas.

Comen.

Ríen.

¡Todos juntos!

¡Están felices!

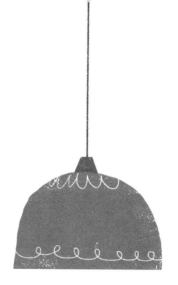

Menos uno…

Puerco no entiende.
Quiere saber,
¿por qué Tortuga
no quiere comer?

El chef duda.

¿Está salado?

¿Echó más lombrices

a un lado?

¿Los caracoles

están crudos?

¿Los gusanos

tienen nudos?

Tortuga baja
su cabeza.
¿Estará oliendo
la corteza?

¿Quizás una de alga
marina?

No señor.

¡A la cocina!

Puerco prepara
una diferente.
¡Quisiera poder
leer su mente!

Pobre Puerco.

¿Qué le lleva?

¡¿Pizza con TODO?!
Tortuga ni prueba.

Tortuga se hunde
en su asiento.
¿El servicio estará lento?

Puerco mira
aquí y allá.
Ve la otra
silla. ¡Ajá!

Él ya sabe

la razón.

Hace otra pizza

con sazón.

Tortuga sonríe.

Le cambia el humor.

Comparte la pizza

¡y le sabe mejor!

Tortuga por fin
está feliz.
¡Vivan los amigos
y la pizza de lombriz!